欲问相思处
花开花落时

相思。

每日诗笺 唐诗

诗词世界◎主编

北京联合出版公司
Beijing United Publishing Co.,Ltd.

I

如意娘

武则天

看朱成碧思纷纷，
憔悴支离为忆君。
不信比来长下泪，
开箱验取石榴裙。

武则天（624—705），名武曌。十四岁入后宫为唐太宗的才人，唐太宗赐号“武媚”；唐高宗时初为昭仪，后为皇后。中国历史上唯一一位女皇帝，也是即位年龄最大、寿命最长的皇帝之一。

相思成殇人憔悴，苦等君归来

一代女皇也有相思愁苦之时。许是思念太久，纷纷的情绪无处躲藏，恍惚中竟然将那枝头点点残红看作一抹翠色。相思成疾，身体也日渐憔悴。孤身一人早已无心妆扮，日日常流泪。你若不肯相信，就打开衣箱看看我那旧日的石榴裙上的点点泪痕吧。

史载这首诗是武则天写给唐高宗李治的。或许正是这首诗，才使李治想起尚在削发为尼的旧情人武媚娘。诗文里的玄机，又有谁能参透呢？

2

闺怨

沈如筠

雁尽书难寄，愁多梦不成。
愿随孤月影，流照伏波营。

沈如筠，生卒年不详，唐代诗人。约生活于武后至玄宗开元间，善诗能文。

思君忧愁不能寐，愿随孤月伴君安

想给在外征战的夫君遥寄一封家书，可大雁都回到了故乡，传书无人，多么让人忧愁！如果我也能像月光一样，不论距离多么遥远，都能照耀在远方的爱人身上，该多好啊。

自古多情女子伤离别，寂寂无人的深夜里，满腔的思念只能看着月光遥寄了。远方的爱人，你可曾抬头看过天边的月亮，感受到心上人心头的凄凉？

八

3 望月怀远

张九龄

海上生明月，天涯共此时。
情人怨遥夜，竟夕起相思。
灭烛怜光满，披衣觉露滋。
不堪盈手赠，还寝梦佳期。

海上月光几度缱绻，天涯思念几度缠绵

张九龄（678—740），字子寿，唐开元尚书丞相，政治家、诗人。诗风清淡，有《曲江集》。他的五言古诗，对扫除唐初所沿习的六朝绮靡诗风，贡献尤大。被誉为“岭南第一人”。

这是一首月夜思人的诗。“海上生明月，天涯共此时”是千古名句，即有情人共对天涯的这一轮明月。在这个思念亲人的夜里，只有月光与我们互相陪伴。从月出到月落，一晚上过去了，我竟然还在思念你，是该埋怨这长夜漫漫吗？

这无眠的夜晚，我没有什么可以相赠的，只能把这满手的月光送给你以慰相思。

4 赋得自君之出矣

张九龄

自君之出矣，不复理残机。

思君如满月，夜夜减清辉。

不想你惊艳我年少的时光，只愿你温暖我今后的岁月

自君离去，日日夜夜的思念，已经模糊了时间。无心织布，竟然连织布机都已残破不堪。

爱的容易，等待却难。因为想念，闺中伊人容颜憔悴，就如那明亮的满月转为光辉暗淡的缺月，不再光彩照人。

盼君归，等君回。纵是流年似水，也无法抹去对你的思念和爱恋，可是这眼里的点点相思泪，又该说与谁人听？

5 闺怨

王昌龄

闺中少妇不曾愁，
春日凝妆上翠楼。
忽见陌头杨柳色，
悔教夫婿觅封侯。

王昌龄（698—756），字少伯，盛唐著名边塞诗人，后人誉为“七绝圣手”。与李白、高适、王维、王之涣、岑参等交厚。其诗以七绝见长，有“诗家夫子王江宁”之誉。

最大的愿望不再是你将相封侯，
而是你能陪我身边到永久

青春年少的时候，不知道何为忧愁，总想着让身边的他去拼一份锦绣前程。直到爱人迟迟未归，陌上杨柳又青，才后悔当初为何要让他离去啊！最后一句“悔教夫婿觅封侯”点出了所有悔恨少妇“闺怨”的心理。

自古“鱼与熊掌不可兼得”，想要荣华满身、富贵锦绣，爱情难免会有遗恨。该怎样选，取决于你想要的到底是什么。

6

长信秋词

王昌龄

其三

奉帚平明金殿开，
且将团扇共徘徊。
玉颜不及寒鸦色，
犹带昭阳日影来。

纵然美人如玉，爱情也不过是空梦一场

美丽的女子在长门殿打扫，看见一只从昭阳殿飞来的乌鸦，感叹："我虽有洁白如玉的容颜，却比不上丑陋的乌鸦啊。"乌鸦好歹还能晒到昭阳殿的太阳，而我却只能遥望昭阳殿里的君王，再也得不到他的恩宠。

有道是人心易变，命运无常。当时情有多浓，如今，爱和想念就有多伤人。女子呀，不要在爱情中迷失自己，你要知道，过往如风，既已消散，就相忘于天涯吧。

7

相思

王维

红豆生南国，春来发几枝？
愿君多采撷，此物最相思。

王维（701—761，一说699—761），盛唐著名诗人、画家，字摩诘，号摩诘居士。以诗名盛于开元、天宝间，尤长五言，多咏山水田园，与孟浩然合称“王孟”，有“诗佛”之称。

春天来了，在南国的你，可发现红豆长出了几枝？只有这红豆才最惹人相思，你一定要多采一些啊！

最深情的话往往朴素无华，表面叮嘱人相思，实则暗含自身相思之重。其中洋溢的青春气息和热情让人欢欣、明快。句句讲红豆，实则句句不离相思。也因为这首诗，红豆成为相思的代名词。喜欢他，就送他一粒红豆吧。

生活很简单，种豆子和相思或许都能得瓜，

你只要敢试，世界就敢回答

8 息夫人

王维

莫以今时宠，能忘旧日恩。
看花满眼泪，不共楚王言。

好的婚姻一定是眷顾两心相悦的人

春秋时息国君主的妻子息夫人被楚王据为己有，哪怕两人已育有两个孩子，息夫人始终不和楚王说一句话。昔日你依靠强权掠夺了我，可并不能彻底得到我的心；更何况，旧恩难忘，新恩本身就是一种侮辱。

感情里，最难得的就是两情相悦；如若不是，就会互生猜忌、疲惫。要知道，喜欢一个人，不喜欢一个人，界限总是如此清晰。

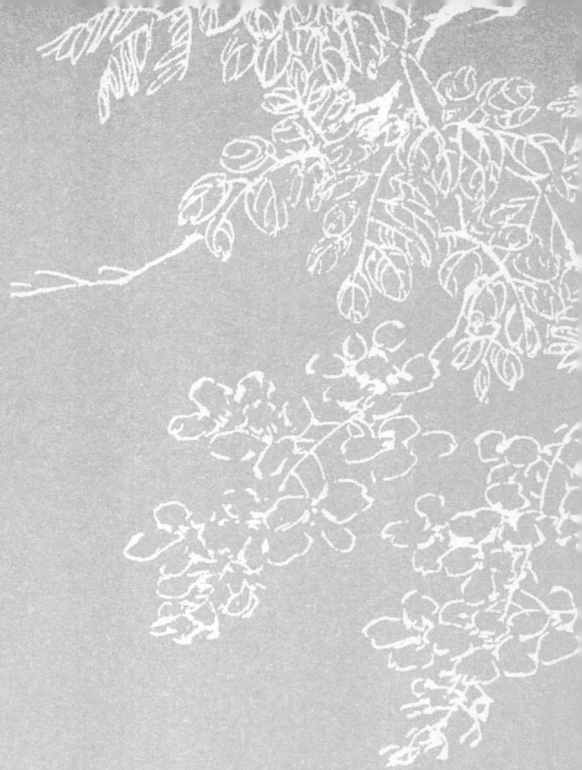

李白（701—762），字太白，号青莲居士，唐朝浪漫主义诗人。诗风豪迈奔放，清新飘逸，想象丰富，被后人誉为“诗仙”。

多希望能在一个人的怀里安心入睡，

多盼望有一个人在身边不论风雨

织锦少女痴痴地凝视着窗外，喃喃自语。屋外，黄昏已至，乌鸦已还巢，正声声地啼叫着。鸟儿尚且知道还巢，可我的爱人，什么时候才能归来呢？想到往昔的恩爱时光，怎能不泪如雨下？

离别后，最怕的不是孤身一人，而是脑海中时时浮现的往日欢情。纵然身处两乡，你依旧住在我的回忆里出不来。

9

乌夜啼

李白

黄云城边乌欲栖，归飞哑哑枝上啼。
机中织锦秦川女，碧纱如烟隔窗语。
停梭怅然忆远人，独宿空房泪如雨。

一世等待，一生伤悲，许是这缘分太浅，人生太长

“春天”在古典诗歌中一直语带双关。不仅指自然界的春天，还比喻男女之间的爱情。

春风撩人，春思缠绵。这个时候，身处秦地的思妇触景生情，想念起了远在燕地的丈夫。可等到丈夫想起妻子时，思妇已经因为思君快要断肠了。极度孤苦之下，偏偏春风还要来打扰，更惹人情愁。

10

春思

李白

燕草如碧丝，秦桑低绿枝。
当君怀归日，是妾断肠时。
春风不相识，何事入罗帏？

11

玉阶怨

李白

玉阶生白露，夜久侵罗袜。
却下水晶帘，玲珑望秋月。

最凄苦的爱情是没有归期的等待

女子独站台阶思念远方的爱人，夜深露重，连罗袜都被浸湿了。只得放下帘幕，回到室内，可天边的一轮明月更让人感觉孤寂了。

“明月”一直是寄托情感的物象。夜深，怨也深，可月光洒下的光更让这种幽居之苦无所遁形。等待是因为心中有爱，可不是所有的等待都有一个美好的结局。渺无归期的等待只是一场漫长的煎熬。

有了放在心上的人，才知道何为相思之苦

深秋夜晚，秋风、秋月、落叶、寒鸦，一派萧索景象。再加上心中思念的人儿，更添凄冷、孤寂之感。只有想念一个人时，才知道这种相思之苦多么煎人。如果早知道我会这么痛苦，还不如当初你我不要相识。

这是一首思中带怨、怨中有思的情诗。像一个女子的忧愁抱怨，又像男子的柔情百转。可即使被相思之情折磨到夜不能寐，却还是甘愿饱尝此苦。

12

秋风词

李白

秋风清，秋月明，
落叶聚还散，寒鸦栖复惊。
相亲相见知何日，此时此夜难为情；
入我相思门，知我相思苦，
长相思兮长相忆，短相思兮无穷极，
早知如此绊人心，何如当初莫相识。

13

怨情

李白

美人卷珠帘，深坐蹙蛾眉。
但见泪痕湿，不知心恨谁。

思念太深，情太深，已不知是爱还是恨

美人卷起珠帘，静静地端坐不语。只见她皱着眉头，玉颜泪痕点点，是否心里在恨着某个人？明明是极度思念一个人，却用了“恨”，爱之深则恨之切，可见闺中女儿思念之深。

聚散无期，悲情无限，想起不在身边的他总是未语泪先流，而即使心有恨时，也不曾为你而冷。

14

长干行

李白

妾发初覆额，折花门前剧。
郎骑竹马来，绕床弄青梅。
同居长干里，两小无嫌猜。
十四为君妇，羞颜未尝开。
低头向暗壁，千唤不一回。
十五始展眉，愿同尘与灰。
常存抱柱信，岂上望夫台。
十六君远行，瞿塘滟滪堆。

五月不可触，猿声天上哀。
门前迟行迹，一一生绿苔。
苔深不能扫，落叶秋风早。
八月蝴蝶黄，双飞西园草。
感此伤妾心，坐愁红颜老。
早晚下三巴，预将书报家。
相迎不道远，直至长风沙。

有种爱情叫青梅竹马，有种相思叫一往情深

孩提时候，她在门前玩着折花游戏，他骑着竹马，和她一起嬉戏。长大后，两人共结连理，婚姻甜蜜。可这幸福如此短暂，男子很快就远行他乡了。

丈夫不在的日子里，年复一年的等待使她依旧情意笃深，时时盼望着能收到他的家书。只要他能归来，哪怕是七百里外的长风沙，她也要去迎接心中的爱人。

青梅竹马的恋情总是让人羡慕、动容，即使身处两地，余生我们还要一起走。

細勾雲法

15

长相思

李白

其一

长相思，在长安。
络纬秋啼金井阑，
微霜凄凄簟色寒。
孤灯不明思欲绝，
卷帷望月空长叹。

美人如花隔云端。
上有青冥之高天，
下有渌水之波澜。
天长路远魂飞苦，
梦魂不到关山难。
长相思，摧心肝。

有一种感情对大多数人而言可望而不可即，
就是我爱的人也能爱我

仅标题“长相思”三字就传达出一种绵绵不断的婉转情意。

纺织娘声声啼叫，尽管有华美的居所，可我思念的美人不在，只能孤身一人落寞不眠。

即使我冲破层层的障碍，仍旧追求不到心中的美人。这相思之情，直催人心肝。

由“思欲绝”而至“摧心肝”，悲恸之情直抵肺腑。而如花美人又在哪里，无端地让人悲痛落泪！

16

相思怨

李冶

人道海水深，不抵相思半。
海水尚有涯，相思渺无畔。
携琴上高楼，楼虚月华满。
弹著相思曲，弦肠一时断。

聚散匆匆，不知岁月还能留给我们多少时间

李冶（？—784），字季兰，是中唐诗坛上享有盛名的女诗人，后为女道士 。晚年曾被召入宫中，784 年，因曾上诗为叛将朱泚说情，被唐德宗下令乱棒扑杀。李冶的诗以五言擅长，多酬赠遣怀之作。

都说大海深不可测，可与相思相比，其深不到一半。大海再宽广，依然有尽头，可相思漫漫无边，无处消散。独自登上高楼，月华皎皎，素手弹着相思曲，可惜，无人听，无人懂，只与寒空孤月相对愁。

人生离别太多，有情人相聚总是难得。从别后，几春秋，韶华似水付东流。纵使人世无常，我仍然期盼这场相爱不是梦一场。

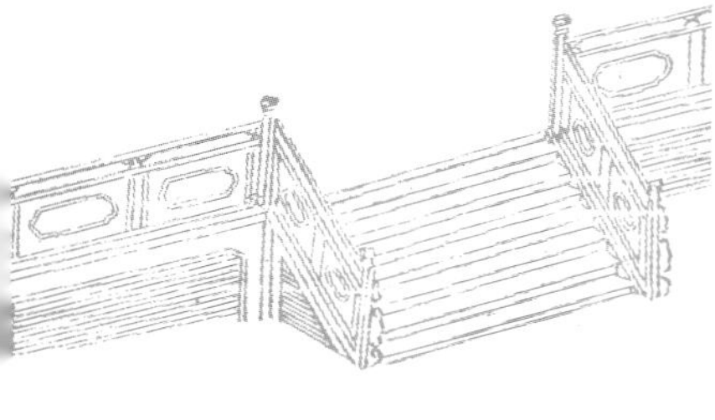

17

月夜

杜甫

今夜鄜州月，闺中只独看。

遥怜小儿女，未解忆长安。

香雾云鬟湿，清辉玉臂寒。

何时倚虚幌，双照泪痕干？

山河破碎里，情人的眼泪未曾干涸

杜甫（712—770），字子美，自号少陵野老，世称“杜工部”“杜少陵”。唐代伟大的现实主义诗人，被世人尊为“诗圣”，其诗被称为“诗史”。

这首诗作于“安史之乱”中杜甫被俘，囚于长安之时。因为焦心于妻子对自己的担忧，所以独辟蹊径，从妻子的角度写起了两地相思之情。

妻子望月思念远在长安的丈夫，小儿女因为年龄小，尚不知道忧愁。而妻子望月愈久，思念愈深，鬓角被雾沾湿，玉臂寒凉。两地看月各有泪痕，而泪痕里浸透着国破家亡的悲哀。

覆巢之下无完卵，国不在，何为家?

18

春怨

刘方平

纱窗日落渐黄昏，
金屋无人见泪痕。
寂寞空庭春欲晚，
梨花满地不开门。

刘方平（758年前后在世），河南洛阳人，匈奴族。工诗，善画山水。多咏物写景之作，尤擅绝句。其诗多写闺情、乡思，思想内容较贫乏，但艺术性较高；善于寓情于景，意蕴无穷。

梨花如雪空寂寞。

有些愁绪，只能自己慢慢消化

独自守着这锦绣的华堂，屋内光影不知何时已移到了窗棂。倚着窗子看夕阳缓缓落下，当夜幕慢慢降临，想到自己孤身一人，不觉落下两行清泪。庭院深深，更显寂寥，满园春色还来不及欣赏就要消失殆尽了。花期渐远，园中熙攘的梨花竟已凋零满地，令人更不忍去看，只能把情绪收敛，轻掩门扉。

宫廷内向来只闻新人笑，旧人的眼泪，都落在无人见到的角落。唯有窗前那几株梨花，年年依旧，延续几度荣枯。

19

闺情

李端

月落星稀天欲明，

孤灯未灭梦难成。

披衣更向门前望，

不忿朝来鹊喜声！

李端，字正己，少居庐山，师诗僧皎然。“大历十才子”之一，诗才卓越。晚年辞官隐居湖南衡山，自号衡岳幽人。

天快亮了，可是女子的闺房仍有一盏灯亮着。女子辗转反侧夜不能寐,突然听到窗外喜鹊的叫声，难道是日夜思念的丈夫回来了吗？急忙披着衣服赶到门前，可惜，什么都没有。

这惹人恨的喜鹊，竟然欺骗自己！

诗中凝聚着闺中少妇对丈夫痴恋的深情，以及殷殷的等待。正因为等待的煎熬，所以留给人无限的思索和况味。

悲欢有时，聚散无期，只有相思无尽头

20

春怨

戴叔伦

金鸭香消欲断魂，
梨花春雨掩重门。
欲知别后相思意，
回看罗衣积泪痕。

戴叔伦（约 732—789），字幼公（一作次公）。年轻时师事萧颖士，晚年上表自请为道士。其诗多表现隐逸生活和闲适情调。

那一场梨花春雨，使相思牵挂的种子长成了大树

诗里的春雨，总是有着别样的意绪。又是一个淫雨霏霏的天气，重重的房门掩映其中。屋内，香炉香气袅袅，女子看着屋外雨丝，静坐良久。不觉间香就要燃尽了，可女子心中的相思愁怨却如不停歇的春雨没有尽头。你要问她相思情意多深厚，不用问了，看看她的衣服吧，那点点的泪痕一直不曾干啊！

本是相思情，却变相思泪。只能在回忆中重温那些美好的记忆，与你梦中再见了。

21

江南曲

李益

嫁得瞿塘贾，朝朝误妾期。

早知潮有信，嫁与弄潮儿。

李益（748—约829），字君虞，大历四年（769）进士，因仕途失意，后弃官在燕赵一带漫游。诗风豪放明快，尤以边塞诗有名。

由爱而生恨，由恨而生怨，怨中有念，情意绵绵

同样是闺怨诗，这一首《江南曲》简单来说是“怨商人语”。通过商人妇的口吻表达了自己思念丈夫的怨情。虽然思妇在诉说自身苦闷时埋怨还不如嫁给弄潮之人，可此言更见少妇极度思君苦闷的心情。真实、直率的至情之语让人动容。

我们总是在爱中才会患得患失，因爱而生各种猜忌。可感情并不是一帆风顺的，也正因为其多变，我们才有了如此多不同的体验。只愿所有的等待都不负最初的相遇。

22 古怨别

孟郊

飒飒秋风生，愁人怨离别。
含情两相向，欲语气先咽。
心曲千万端，悲来却难说。
别后唯所思，天涯共明月。

如果所有的离别都能换来相聚的欢欣，那么，再多的等待也都值得

孟郊（751—814），字东野，唐代著名诗人，有“诗囚”之称，又与贾岛齐名，人称“郊寒岛瘦”。其诗以短篇的五言古诗最多，用语刻琢而不尚华丽，擅长寓奇特于古拙。

情人离别，最怕是在秋天。秋风萧瑟，满目苍凉，离情也仿佛被放大了几倍。这一对有情人，执手不舍，未语却已泣不成声。心中事千言万语，一时却不知从何而说。

世界之大，何处是归程？自离别，唯剩相思。能做的也只有和离人共赏天涯的这一轮明月，寄托无尽的想念和愁苦。

距离是情人跃不过去的坎，从此天涯相隔，海角相望。化不开的忧伤，诉不完的离情，只把归期盼，同把好梦守。

23 题都城南庄

崔护

去年今日此门中，
人面桃花相映红。
人面不知何处去，
桃花依旧笑春风。

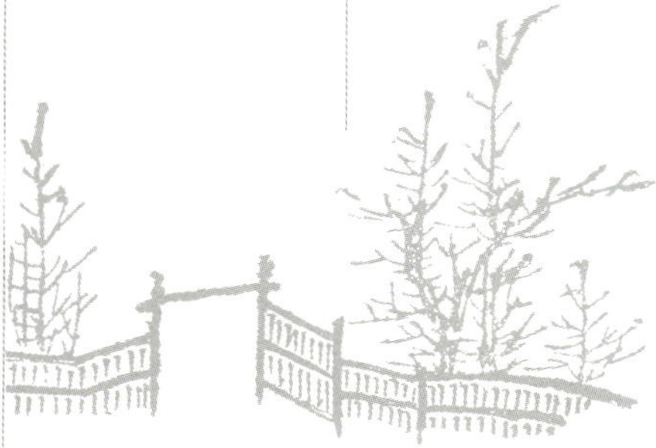

崔护，字殷功，生平事迹不详。诗风精练婉丽，语极清新。以《题都城南庄》流传最广，为诗人赢得了不朽的诗名。

桃花依旧热烈开放，可曾经陪我赏花的美人，如今身在何方

形容一个女子美丽，人面桃花，该是最恰切的比方。花颜人面相辉映，这是一种惊心动魄的美，也根植在爱人心中，成为抹不去的回忆。所以要再去追寻。

可重回相遇的地点，桃花依旧，美人去哪儿了呢？留给人无尽的怅惘，一生的念想。

这首诗告诉我们，放在心上的人一定要珍惜，不然，一转身，就是一辈子。

常建（708—765），开元十五年与王昌龄同榜进士，一生沉沦失意，耿介自守，交游无显贵。诗以写山水田园为主，意境清迥，语言洗炼自然，艺术上有独特造诣。

曾以为分开后还会再见，

后来才知道再见就是再也不见

独立黄昏，远处鹧鸪的叫声清亮恳切，绵延不绝，不觉内心戚然。它飞起的地方，正是斜阳照射的那片山坡。可怜思妇还在相思岭上流着相思泪，极目远眺，只听到声声鹧鸪凄切的啼鸣，这怎能不叫人愁断肠呢？

望而不见，思而不得。那声声鹧鸪，听来都是离殇吧。

24

岭猿

常建

杳杳袅袅清且切，鹧鸪飞处又斜阳。
相思岭上相思泪，不到三声合断肠。

张籍（约767—约830），字文昌，世称“张水部”“张司业”。张籍的乐府诗与王建齐名，并称“张王乐府”。

爱情虽易，婚姻不易。身处围墙的男女切勿陷进温柔的陷阱

此诗抛开政治意味，表面看来就是一首抒发男女情事的作品。

一对男女互相爱慕，但是女子已是有夫之妇，只好对男子的情谊委婉拒绝。既然我已有夫，就不能再接受你的馈赠。一句“恨不相逢未嫁时”不仅情真意切，话里话外更流露出自己的真挚情感。想必那位有情人，听到这样的话，即使不能与心上人共结连理，也不会心有愤恨。

身处围城中的男女应当明了：婚姻是一场不易的修行，不再是恋爱时的风花雪月。不要因一时的放纵，给人生徒留无限的伤感和悔恨。

25

节妇吟

张籍

君知妾有夫，赠妾双明珠；
感君缠绵意，系在红罗襦。
妾家高楼连苑起，良人执戟明光里。
知君用心如日月，事夫誓拟同生死。
还君明珠双泪垂，恨不相逢未嫁时。

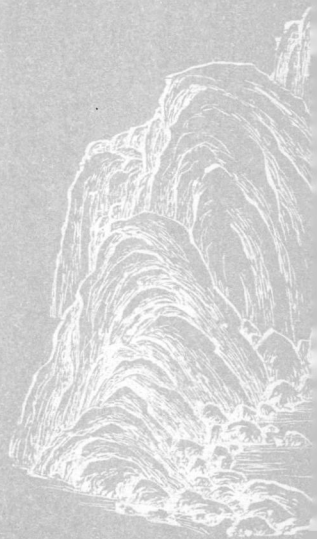

26

望夫石

王建

望夫处，江悠悠。
化为石，不回头。
山头日日风复雨。
行人归来石应语。

王建（约 767—约 830），字仲初，一生沉沦下僚，生活贫困，因而有机会接触下层社会，写出大量优秀的乐府诗。他的乐府诗和张籍齐名，世称“张王乐府”。

等待千年的望夫石，还在凝视着爱人归来的路

相传古代有位女子，因为丈夫离家远行久未归家，便天天上山远望，期盼丈夫能够回家。可是日复一日，等待遥无止境，女子最后在山头化为了石头。《望夫石》就是根据这个传说故事而来。

群山默默伫立，江水静静流淌。而化为望夫石的女子永远翘首远望，不惧风雨，不改初衷。哪怕化为石头，她心中的思念依然没有停止，对远方爱人的期盼始终没有泯灭。

这世界，千种相思，万种离情。唯有没有希望的等待最是痴傻。可总有人，以一生的年华去慰藉心底那一丝丝的希望。

27 春望词

薛涛

其一

花开不同赏，花落不同悲。
欲问相思处，花开花落时。

其二

揽草结同心，将以遗知音。
春愁正断绝，春鸟复哀吟。

薛涛（约 768—832），字洪度，带有传奇色彩的唐代女诗人，16 岁入乐籍，与韦皋、元稹有过恋情，终身未嫁。曾居浣花溪上，制作桃红色小笺写诗，后人仿制，称“薛涛笺”。与刘采春、鱼玄机、李冶并称唐代四大女诗人。

其三

风花日将老，佳期犹渺渺。
不结同心人，空结同心草。

其四

那堪花满枝，翻作两相思。
玉箸垂朝镜，春风知不知。

韶华易逝，红颜易老。

莫多情，多情易伤己

花开花落无人共赏，好不容易春愁就要消散，春鸟又在此时哀啼，这相思愁怨怕是要无穷无尽了。时光荏苒，容颜已老去，可心中思念的那个人，依然如云端一般遥远，只能空结同心草。繁花满枝，春风兀自吹来吹去，可等待的心谁知道呢？

薛涛一生情路坎坷，本官宦之女却沦落为歌伎，前半生不得不依附于男人，可谓受尽委屈。自由后素衣结庐于水边，身着女冠服，闭门而居，不再寄希望于俗世。

《春望词》即写于薛涛隐居浣花溪时期，虽有了自由，却无有情人分享，诗作无端透露出一股萧索凄凉的意绪。

再美丽的容颜，没有知音，只能孤芳自赏，薛涛的确也是这样做的。可即使知己难觅，她也不会强求，不愿将就，在繁华落尽后，平淡归真，终身未嫁。

繁华落尽执何手？莫多情，情伤己。

28

竹枝词

刘禹锡

其一

杨柳青青江水平，
闻郎江上唱歌声。
东边日出西边雨，
道是无晴却有晴。

愿所有的暗恋，都能有一个圆满的结局

刘禹锡（772—842），字梦得，唐代中晚期著名诗人、文学家、哲学家，有“诗豪”之称。诗文俱佳，涉猎题材广泛，与柳宗元并称“刘柳”，与韦应物、白居易合称“三杰”，与白居易合称“刘白”。

杨柳青青、水平如镜的春日里，陷入初恋的少女听到远处传来情郎的歌声。她心潮起伏，不知道他对自己是有情还是无情。“晴”与“情”谐音，东边“晴天”西边“无晴”，由天气的捉摸不定反映人心理上的忐忑不安。最后“无晴却有晴”原来女子与情郎也是两心相悦的。

这首将暗恋心理描绘得栩栩如生的诗作一直为人称颂，“东边日出西边雨，道是无晴却有晴”也成为千古传唱的佳句。

29

柳枝词

刘禹锡

清江一曲柳千条，
二十年前旧板桥。
曾与美人桥上别，
恨无消息到今朝。

人生的渡口，我们都是过客。可仍想再见你一面，想确定你很好

一曲清江、千条碧柳，二十年前离别的场景历历在目。可是如今，再踏上这陈旧的板桥路，眼前景色依旧，可曾与我执手相看泪眼的美人，如今人在何方？多么想知道她的消息，可分离的时间太久，只能永远抱着这种遗憾了。

“悲莫悲兮生别离”，即使内心思念成灾，可是既然已经离开，那么，不打扰你，是我最后的温柔。

30

浪淘沙

白居易

借问江潮与海水，

何似君情与妾心。

相恨不如潮有信，

相思始觉海非深。

海并不深，思念你，比海更深

白居易（772—846），字乐天，号香山居士，又号醉吟先生，现实主义诗人。与元稹共同倡导新乐府运动，世称“元白”，与刘禹锡合称“刘白”。诗歌题材广泛，语言平易通俗，有“诗魔”和“诗王”之称。

古时，人们经常以江潮海水比喻郎情妾意的深重，可在这首诗里，女子却说：江潮海水哪能比得上郎情己意？明明是一句自信而多情的话语，后两句却倏忽一变，说：潮涨潮落尚有时，可君之归期渺渺，可见君不如潮。思君之情溢于言表。末句又语出奇意，说虽君不如潮，但是思妇思念丈夫的心，却比大海更深。

自古多情女子负心汉，这位在等待中磋磨年华的女子，相恨又无奈，恨罢仍相思，思与恨萦绕于心。可思念的良人，何时能解开这场相思的局？

31

赠婢诗

崔郊

公子王孙逐后尘，
绿珠垂泪滴罗巾。
侯门一入深如海，
从此萧郎是路人。

女子多情，贫贱必苦。即使嫁入豪门，依然垂泪

崔郊，生卒年不详，唐代元和年间秀才，《全唐诗》中仅收录了他的这一首诗。

自古“窈窕淑女，君子好逑”，可要追求的“窈窕淑女”被有钱有势的人横刀夺爱，该是一件多么痛心的事！千年前的崔郊就遭遇了这样的事情，在极度悲痛下写下了“侯门一入深如海，从此萧郎是路人”的千古名句。

我爱的女孩嫁入了豪门，从此再相遇就要把我当成陌生人了。悲痛绝望之情何其哀哉！

32

离思

元稹

其四

曾经沧海难为水，
除却巫山不是云。
取次花丛懒回顾，
半缘修道半缘君。

元稹（779—831），字微之，年少有才名，与白居易同科及第，并结为终生诗友。二人共同倡导新乐府运动，世称“元白”。诗作号为“元和体”。其悼亡诗辞浅意哀，动人肺腑。

没有曾经沧海，就不会知道这相思情深几许

“沧海”“巫山”是世间至大至美的景象。见过沧海的水和巫山的云后，对其他地方的海和云都看不上眼了。诗人以此隐喻他和妻子之间的恩爱感情是世间无与伦比的。除了妻子，再也找不到让我动心的女子了。

即使身处万花丛中，依然懒得去看一眼，不仅因为自己已是修道之人，更因为我曾经拥有过你。

可惜，佳人已逝，曾经的爱情再美好难忘，以后也遇不到了。

用我一生温柔，换你此生不渝

《遣悲怀》共三首，是元稹写给亡妻韦丛的悼亡诗。

韦丛是太子少保韦夏卿的小女儿。二十岁时嫁给了比自己大五岁的元稹。婚后生活非常贫困，但韦丛毫无怨言。夫君没有衣服穿，便翻箱倒柜地搜寻；夫君无钱喝酒，就典当了自己的金钗。哪怕只有野菜充饥也觉得甘美异常，没有柴烧便以槐树的落叶做炊。如今，元稹已有丰厚的俸禄，可是与他同甘共苦的韦丛却已离开人世，抱憾之情让人涕泪。

韦丛病逝时，年仅二十七岁。正因为她的无怨无悔，元稹为她吟出了“曾经沧海”的名句。

33

遣悲怀

元稹

其一

谢公最小偏怜女，自嫁黔娄百事乖。
顾我无衣搜荩箧，泥他沽酒拔金钗。
野蔬充膳甘长藿，落叶添薪仰古槐。
今日俸钱过十万，与君营奠复营斋。

那一场相濡以沫的爱情，怎敌得过生离死别的浩劫

爱妻不在了，她穿过的衣服我已经快要施舍完了，用过的针线却迟迟不忍打开。每当看到曾在妻子身边侍候过的奴仆，也会想起她。甚至做梦为妻子送去钱财。我知道夫妻死别是每个人都会经历的，可是对于那些同患难共贫贱的夫妻来说，这种天人永隔的悲痛心情更加难抑。

“死者长已矣，生者常戚戚。”如果相濡以沫的她不在了，即使我富贵加身，余生也难免伤痛。

34

遣悲怀

元稹

其二

昔日戏言身后意，今朝都到眼前来。
衣裳已施行看尽，针线犹存未忍开。
尚想旧情怜婢仆，也曾因梦送钱财。
诚知此恨人人有，贫贱夫妻百事哀。

不忘旧日恩爱，只待来生再聚

三首《遣悲怀》以“悲”字贯穿始终，悲情逐步加深。前两首皆是悲妻，这一首却是自悲。将心中的一腔悲痛推到极致。

人生虽说有百年，但其实又有多长时间呢？我希望死后能和你同葬，来生再做夫妻。但是这仅仅是一种空想罢了，不能指望。我只愿能永永远远地把你记在心上，以终夜不眠来报答你今生的忧愁。

35

遣悲怀

元稹

其三

闲坐悲君亦自悲，百年都是几多时！
邓攸无子寻知命，潘岳悼亡犹费词。
同穴窅冥何所望，他生缘会更难期！
惟将终夜常开眼，报答平生未展眉。

杜牧（803—853），字牧之，号樊川居士，人称“小杜”，以别于杜甫。与李商隐并称“小李杜”。因晚年居长安南樊川别业，故后世称“杜樊川”，著有《樊川文集》。

唯愿时光温柔，拂去你心头的几多哀愁

秋日的夜晚，蜡烛兀自亮着，发出的光影影绰绰，使屏风更显幽暗。一个孤独的女子正用扇子追逐那飞来飞去的萤虫。夜愈加凉了，可女子不仅不回到屋内，反而坐在冰凉的台阶看着天上的牛郎织女星想着自己的心事。

其实心头千言万语，却不知说与谁人听。牛郎织女况且还有每年的一次欢聚。而女子，只能待在冰冷的宫殿，纵然向往爱情，却无力主宰自己的命运。

凉夜漫漫，唯有默然静坐，想着寥寥心事。可有谁，能解她心头的哀愁？

36

秋夕

杜牧

银烛秋光冷画屏，轻罗小扇扑流萤。
天阶夜色凉如水，坐看牵牛织女星。

温庭筠（约812—866），唐代诗人、词人。本名岐，字飞卿，世称“温八叉”。工诗，与李商隐齐名，时称“温李”。其诗辞藻华丽，秾艳精致，内容多写闺情。在词史上，与韦庄齐名，并称“温韦”，为“花间派”首要词人。

这刻骨铭心的思念，你可知晓

女子的心思向来难以理解。整首诗以女子的口吻来讲述，借用谐音双关的手法，“深烛伊”谐音“深嘱你”，“莫围棋”谐音“莫违期”。临行前，女子再三的叮嘱情郎：早日归来，不要违背归期啊。

对你的思念在此刻就已埋在心底，只能把代表思念的红豆安放在骰子里，用这种古老的方式来祝福你。就像在骰子中镶嵌的红豆，相思已深入骨髓，你又知不知道呢？

春去花落棋盘，小院剩枯井，唯有寒星伴灯火。明知道红豆也会腐朽，还是想让你把这份思念随身携带。

37

新添声杨柳枝词

温庭筠

其二

井底点灯深烛伊，共郎长行莫围棋。
玲珑骰子安红豆，入骨相思知不知？

38

无题

李商隐

飒飒东风细雨来，
芙蓉塘外有轻雷。
金蟾啮锁烧香入，
玉虎牵丝汲井回。
贾氏窥帘韩掾少，
宓妃留枕魏王才。
春心莫共花争发，
一寸相思一寸灰！

相思成灰，成灰亦相思

李商隐（约813—约858），字义山，号玉溪生、樊南生，晚唐最出色的诗人之一，和杜牧合称“小李杜”，与温庭筠合称“温李”。其诗构思新奇，风格秾丽，尤其爱情诗和无题诗写得缠绵悱恻，广为传诵。

相思情总是“才下眉头，却上心头”，无法遏止，不受控制。这是一首描写春心萌动的女子深锁幽闺、寂寞郁积的爱情诗。最后一句“春心莫共花争发，一寸相思一寸灰”，成为古往今来女子相思无望的痛苦呐喊。切莫与春花争荣竞发，不然这寸寸相思只能化为灰烬！

可哪怕化成灰烬，春心，也永远无法抑制，更不会随着时间的消逝而泯灭。

39

锦瑟

李商隐

锦瑟无端五十弦，
一弦一柱思华年。
庄生晓梦迷蝴蝶，
望帝春心托杜鹃。
沧海月明珠有泪，
蓝田日暖玉生烟。
此情可待成追忆，
只是当时已惘然。

锦瑟流年，念与不念的人事，都会成为生命里路过的风景

“一篇《锦瑟》解人难”，《锦瑟》不仅是李商隐的代表作，也是历来最不易解析的一首诗。但千年来，爱诗之人无一不被它打动。

李商隐一生经历坎坷，这首诗中，他用庄生梦蝶、杜鹃啼血、沧海珠泪、良田生烟的典故，创造了变幻神秘的景象，字里行间的深情、迷惘、无奈让人读之潸然泪下。

人生也在不停地邂逅、离别，可懂得总在失去之后。那些虚度的光阴、满腔的期许和抱负只能空负流年，徒留无限的孤寂和怅恨。一个人，要隐藏多少伤痛，才能化为一句“此情可待成追忆，只是当时已惘然”。既然所有未出口的情意都成了往事不可再追，那滴下最后一滴苦涩的泪，然后一个人继续走吧。

最好的世界不是在一起，而是即使分开，彼此也心意相通

昨日的酒宴、欢聚依稀还浮现在眼前，可是今日，心中的佳人已不在身边。可恨我没能生出两双翅膀，飞到爱人的身边陪伴。可即使这样，我们彼此的心意依然相通。

都说，距离是谋杀爱情的凶手，可总有一种爱情让我们甘心为之付出，李商隐的千古名句“身无彩凤双飞翼，心有灵犀一点通”道出了此中真谛。异地的恋情本来就是痛苦中有甜蜜，寂寞中有期待，相思的苦恼与心心相印的欣慰融合在一起，让人不思量，自难忘。

40

无题

李商隐

昨夜星辰昨夜风，画楼西畔桂堂东。
身无彩凤双飞翼，心有灵犀一点通。
隔座送钩春酒暖，分曹射覆蜡灯红。
嗟余听鼓应官去，走马兰台类转蓬。

哪怕一生痴情无所用处，

也愿终身坚贞不渝

室内帘幕低垂，女子辗转难眠。明知爱情不过一场梦幻，满腔思念全然无益，可还是不愿放弃，哪怕惆怅终身也毫不悔恨。

相思回忆总是泪痕斑斑，这首诗将女子爱情失意的幽怨、相思无望的苦闷娓娓道来。可在近乎幻灭的情况下，她仍然矢志不渝地追求着，相思之铭心刻骨可想而知。

41

无题

李商隐

重帏深下莫愁堂，卧后清宵细细长。
神女生涯原是梦，小姑居处本无郎。
风波不信菱枝弱，月露谁教桂叶香？
直道相思了无益，未妨惆怅是清狂。

42

嫦娥

李商隐

云母屏风烛影深，
长河渐落晓星沉。
嫦娥应悔偷灵药，
碧海青天夜夜心。

如若两心相知，哪怕短短一程也抵得上一生时间

美丽的嫦娥独坐在华丽的月宫中，唯有冷屏、残烛相伴。天边黎明将至，连仅存的银河和启明星也即将消失在曙光里。原来，又一个不眠之夜过去了。索寞的她，是否也后悔偷了不死药？如今只能忍受内心的煎熬，夜夜品味孤独的滋味。

在爱和长生不老之间，你又会怎样选择呢？孤独寂寞的长生，不过是对生命的折磨和摧残，与其如此，还不如做个平凡人，悲欢地热爱、聚散地执着，才更有意义。

43

暮秋独游曲江

李商隐

荷叶生时春恨生，
荷叶枯时秋恨成。
深知身在情长在，
怅望江头江水声。

生命还在，对你的爱就一直在

春天，荷叶青青时，心头起了怅然；秋天，荷叶枯黄时，心头又起悲情。可是，只有我心里清楚，只要生命还在，我对你的情意就永不消退。寂静的江头，只有我一人孤独地望着流水思念不在人世的爱人。

这是李商隐悼念亡妻内心哀痛怅惘的诗作。夫妻情，因情而长久，相濡以沫的岁月即使后来一人先走了，另一个人的爱也会长久存在。

江陵愁望有寄

鱼玄机

枫叶千枝复万枝，
江桥掩映暮帆迟。
忆君心似西江水，
日夜东流无歇时。

鱼玄机，晚唐女诗人，字幼微（一字蕙兰），长安里家女。喜读书，有才思。补阙李亿纳为妾，为李妻不容，进长安咸宜观为女道士。后以笞杀女童绿翘事，为京兆温璋所戮。

一种思念，刻骨铭心；一种等待，望穿天涯

建安诗人徐干有一句“思君如流水，无有穷已时”，与鱼玄机的“忆君心似西江水，日夜东流无歇时”有异曲同工之妙。但是鱼玄机比之更添风调，读之更加缠绵、婉转。

江水之永不停止，比相思之永不休歇，可见女子相思之深，等待之苦。向来情深，奈何缘浅，从一朵花开，到一片叶落，女子的寂寞总是与相思有染。

万般执念，终为你，倾尽一生遇见

鱼玄机的爱情悲剧一直令人戚戚然。她正值青春美丽时嫁于李亿为妾，甚得李的宠爱，后因李亿夫人不容，送于京郊咸宜观为道士。即使如此，她对李亿仍一往情深，写下了许多怀李的诗。而这一首是对李亿绝望后表明心迹的诗。

美丽的女子用衣袖遮住自己的容颜，也懒得去梳妆打扮。她心里忧愁：自己可以很容易就得到无价的珍宝，可是想找到一个灵魂伴侣，却如此艰难。为此睡觉的时候不能自已落泪，走过花间时也要断肠。然而，转念一想，自己才貌双全，就是想要追求宋玉那样的男子也很容易，又何必在乎王昌的若即若离呢？

世间离苦，都是愿赌服输。待我流干眼泪，将这相思情意放下。虽有看开感情的顿悟，可语句中依然难掩对薄情男子的怨恨。

45

寄李亿员外

鱼玄机

羞日遮罗袖，愁春懒起妆。
易求无价宝，难得有心郎。
枕上潜垂泪，花间暗断肠。
自能窥宋玉，何必恨王昌？

图书在版编目（CIP）数据

唐诗 . 相思 / 诗词世界主编 . -- 北京 : 北京联合出版公司 , 2017.9

（每日诗笺）

ISBN 978-7-5596-0825-3

Ⅰ . ①唐… Ⅱ . ①诗… Ⅲ . ①唐诗 – 诗歌欣赏 Ⅳ . ① I207.22

中国版本图书馆 CIP 数据核字 (2017) 第 200300 号

唐诗 相思

项目策划 紫图图书 ZITO®
监　　制 黄　利　万　夏
主　　编 诗词世界
责任编辑 管　文
特约编辑 申蕾蕾　李　圆
装帧设计 紫图图书 ZITO®

北京联合出版公司出版
（北京市西城区德外大街 83 号楼 9 层　100088）
北京中科印刷有限公司印刷　新华书店经销
30 千字　787 毫米 ×1092 毫米　1/32　9.5 印张
2017 年 9 月第 1 版　2017 年 9 月第 1 次印刷
ISBN 978-7-5596-0825-3
定价：79.90 元（全二册）

无论去与住
俱是梦中人

别离。

每日诗笺 唐诗

诗词世界◎主编

北京联合出版公司
Beijing United Publishing Co.,Ltd.

46 寄朱放

李冶

望水试登山，山高湖又阔。
相思无晓夕，相望经年月。
郁郁山木荣，绵绵野花发。
别后无限情，相逢一时说。

五

我们约定不触痛往事，只作寒暄，只赏芳草

李冶（？—784），字季兰，是中唐诗坛上享有盛名的女诗人，后为女道士。晚年曾被召入宫中，784年，因曾上诗为叛将朱泚说情，被唐德宗下令乱棒扑杀。李冶的诗以五言擅长，多酬赠遣怀之作。

脚下有山，山下有河，登高远望，看碧水烟波浩渺。思念不分昼夜，从破晓到晨昏，旦暮未歇，消融在这绵延无尽的岁月。山上草木葳蕤，繁花点缀在茵茵绿草间。又是一场离别，

我把这份思念储藏起来，酿一坛岁月的美酒，待到他日相聚，与故人同酌。

47

八至

李冶

至近至远东西，
至深至浅清溪。
至高至明日月，
至亲至疏夫妻。

有多少悲欢离合，就有多少爱恨情仇。
曾经拥有的，也可能转瞬散落天涯

这世上最远也最近的距离，是东与西。最深也最浅的，是清澈的溪水。溪水虽浅，却映照着天上的夕阳晚霞，星辰明月。日月同光，高不可测又遥不可及，是这世间最明亮又最遥远的东西了吧。而人与人的关系，最亲密也最疏离的，怕是夫妻了吧；既能同生共死，也能同床异梦。

越长大越明白，越是最浅显至真的道理，越难以看得分明。

八

48

写情

李益

水纹珍簟思悠悠，
千里佳期一夕休。
从此无心爱良夜，
任他明月下西楼。

二

比悲伤更令人悲伤的是，空欢喜

李益（约748—约829），字君虞，中唐边塞诗的代表诗人。擅长绝句，尤其工于七绝。诗风豪放明快，尤以边塞诗有名。

有约不来最是恼人。风清月朗的夜晚，明月照虚室，纵是良辰美景也不过形同虚设。月再好看，没有良人常伴左右，也不过徒增烦恼。你没来的时候，我厌倦了每个良夜。

人啊，总是在期盼中失望，又在失望中不甘。相见或许不难，难的是强求。有些人，注定只能留在回忆里。

生活告诉我们，要随时准备好接受那些意想不到的分离，就像漫长的人生路上忽然出现的岔路。无从告别，却已是陌路。

49

古别离

孟郊

欲别牵郎衣，

郎今到何处？

不恨归来迟，

莫向临邛去。

孟郊（751—814），字东野，唐代著名诗人，有“诗囚”之称，又与贾岛齐名，人称“郊寒岛瘦”。其诗以短篇的五言古诗最多，用语刻琢而不尚华丽，擅长寓奇特于古拙。

心上发冷，然而并不想离开此地。

让我再看你一眼，从南到北

女人的每一个小心思，都在眼角眉梢，在分别时轻轻牵起的衣角，不知该和你说些什么，寸寸柔肠只融进一句“要去何方？”有些话埋在心里虽然痛苦，但希望你能懂我的弦外之音。

因为怕失望，临行前竟不敢问君此去几时回，不怕你久出不归，只怕你被这繁华人世吸引，屈服于欲望，而忘了春闺梦里人。

要知道，情人间每一次的欲言又止，背后都是一首无言的情诗。

50

古怨别

孟郊

飒飒秋风生，愁人怨离别。
含情两相向，欲语气先咽。
心曲千万端，悲来却难说。
别后唯所思，天涯共明月。

如果所有的离别都能换来相聚的欢欣，
那么，再多的等待也都值得

情人离别，最怕是在秋天。秋风萧瑟，满目苍凉，离情也仿佛被放大了几倍。这一对有情人，执手不舍，未语却已泣不成声。心中事千言万语，一时却不知从何而说。

世界之大，何处是归程？自离别，唯剩相思。能做的也只有和离人共赏天涯的这一轮明月，寄托无尽的想念和愁苦。

距离是情人跃不过去的坎，从此天涯相隔，海角相望。化不开的忧伤，诉不完的离情，只把归期盼，同把好梦守。

51

忆远

张籍

行人犹未有归期，

万里初程日暮时。

唯爱门前双柳树，

枝枝叶叶不相离。

你已经远去，剩下的岁月里，
留下来的都是遗迹

张籍（约767—约830），字文昌，世称“张水部”“张司业”。中唐时期新乐府运动的积极支持者和推动者，其乐府诗颇多反映当时社会现实之作，表现了对人民的同情。其诗作语言凝练又平易自然。

日暮时分，远行的人即将启程，离家万里，归来却又遥遥无期。不知多少次倚门远望，却从不见故人归来，只羡慕那门前并排而立的两棵柳树，无论何时它们的枝枝叶叶都相守相依。

一日三餐，晨暮日常，年年今日在此，思远道游子。

张仲素（约769—819），唐代诗人，字绘之。其诗语言清婉爽洁，悠远飘逸，擅长乐府诗，善写思妇心情，刻画细腻，委婉动人。

你问相思的长度，我觉得有时是海角天涯

灯火渐残，天将破晓，这不过是无数不眠之夜中的一夜罢了。你不在的日子里，夜夜孤宿。白天道不尽的思念，黑夜里慢慢发酵。这刺骨的寒夜真长啊，无意中把思念也拉长了。

其实，分别时天各一方的想念并不难，难的是将这份想念隐忍成清明的月光，照耀彼此的余生。

52

燕子楼

张仲素

楼上残灯伴晓霜，独眠人起合欢床。
相思一夜情多少？地角天涯不是长。

刘禹锡（772—842），字梦得，唐朝文学家、哲学家，唐代中晚期著名诗人，有“诗豪”之称。其诗歌大都简洁明快，风情俊爽，极富艺术张力和雄直气势。

生命中有些人，还不曾告别，却已经是最后一面

古人离别似乎总少不了渡口边的青青杨柳，即使多年后故地重游，枝枝叶叶仍写满离愁别绪。当时的情绪又被撩拨起来，犹忆当初，欲语还休。风景依旧而人事已非，望穿秋水，你却仍杳无音信。

离别渐远，人生渐长。今日重过此路，杨柳依依之景犹在，但桥上一别后，再也不见伊人踪影。此去经年，不知朱颜改否？

53

柳枝词

刘禹锡

清江一曲柳千条，二十年前旧板桥。
曾与美人桥上别，恨无消息到今朝。

54

长相思

白居易

汴水流，泗水流。
流到瓜洲古渡头，
吴山点点愁。
思悠悠，恨悠悠。
恨到归时方始休，
月明人倚楼。

深画眉，浅画眉。
蝉鬓鬅鬙云满衣，
阳台行雨回。
巫山高，巫山低。
暮雨潇潇郎不归，
空房独守时。

白居易（772—846），字乐天，号香山居士，又号醉吟先生，唐代伟大的现实主义诗人，有“诗魔”和“诗王”之称。诗歌题材广泛，形式多样，语言风格浅切平易，意绪情调淡泊悠闲。

他日纵是星辰灿烂，

也不及今夜你我倚楼共望的明月

古人总爱用流水寄相思，仿佛所有的思念和愁怨也像这长流水，思也悠悠，恨也悠悠。伊人独自登楼茫然远望，人未归，恨难休。月色朦胧，山容水态都写满了哀愁。

山高水远，相思难寄。到底意难平啊。自你离开后，碧海青天，明月高悬，从此夜夜倚楼盼君归。

55

赠别

杜牧

其一

娉娉袅袅十三余，
豆蔻梢头二月初。
春风十里扬州路，
卷上珠帘总不如。

杜牧（803—约853），字牧之，号樊川居士，与李商隐并称“小李杜”，以七言绝句著称，其古体诗题材广阔，笔力峭健；近体诗则文辞清丽、情韵跌宕。

相爱容易拥有却难，相遇容易相知却难

把女子比作花的文人雅士历来不少，杜牧笔下的女子像二月初含苞待放的花蕾，娉娉袅袅，姿态、举止刚刚好。美丽的姑娘啊，这扬州十里长街上，有多少风帘翠幕，帘下有多少红襟翠袖的卖俏粉黛，可全部都比不上你。

寥寥几笔勾勒出一个美丽、生动的倩影，还未见其人，已经可以想象其风华绝代的姿容。

56

赠别

杜牧

其二

多情却似总无情，
唯觉樽前笑不成。
蜡烛有心还惜别，
替人垂泪到天明。

无法说出那句『再见』，所以临别只能相顾无言

“自古多情伤别离”，更何况是与所爱之人。离别的筵席上，明明不舍，故作无语，只因为自你离开后，涓涓心事，不知说与谁听。

曾经灯下闲读，一旁红袖添香。恍然春宵一梦醒，如今银台红烛黯，此时此夜，难诉衷肠。唯有残烛泪流，声声滴断愁肠。

57

别怀

杜牧

相别徒成泣，经过总是空。
劳生惯离别，夜梦苦西东。
去路三湘浪，归程一片风。
他年寄消息，书在鲤鱼中。

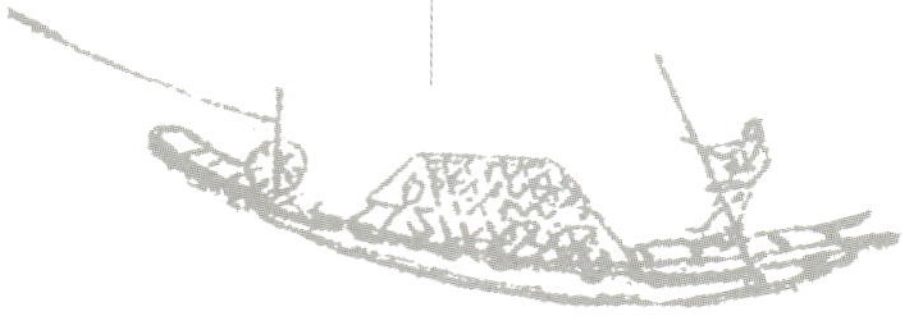

人生如逆旅，谁能预知

下一个路口又会与谁重逢

又到了分别的时候，执手话别，泪眼涟涟。想想，奔波半生好像什么也没有得到。哪怕习惯了分离，梦里也期待与你重逢。心知，有些离散，或许相逢可待，有些告别，却是永诀。每个人都是彼此的匆匆过客，即使久长些，也不过多了几程山水。

离开的时候，路途险恶，归来时却一帆风顺。想必，上天也希望我们能重逢吧。愿有一天，你能在鲤鱼中发现我寄给你的消息。

虽离别，情依在。喜欢那句，你走，我不送你。你来，无论多大风多大雨，我要去接你。

四二

雍陶（约789－873以前），字国钧，成都人。工于词赋，太和间第进士。大中八年，自国子毛诗博士出刺简州。诗一卷。

长亭已不在，

唯剩杨柳依依仍在随风摇曳

万事有尽而情难尽，又为何要把这座离别的桥称作“情尽桥”？既然大家都折柳送别，还是改名叫“折柳桥”吧。哪怕一条又一条柳枝都道出了不忍之离情，也好过“情尽”给人的不快和沉痛。

“离恨一条条”，仿佛让人看到了柳边深情送别的缠绵悱恻的场面，古今种种情意交织的悲欢离合，尽在其中。离开时，那景，那树，那人依然；归来，即使风光不再，人走楼空，物是人非，也依旧牵挂着那一方，那一物，那一人。

58

题情尽桥

雍陶

从来只有情难尽，何事名为情尽桥。
自此改名为折柳，任他离恨一条条。

李商隐（约813—约858），晚唐著名诗人，字义山，号玉溪生，又号樊南生。因处于牛李党争的夹缝之中，一生很不得志。其诗构思新奇，风格秾丽，但部分诗歌过于隐晦迷离，难于索解，故有“诗家总爱西昆好，独恨无人作郑笺”之说。

听一夜秋雨，想一夜远人

巴山，秋夜，大雨倾盆。古时候，一场滂沱的秋雨便能阻断一封远寄的书信。

归期未卜，羁旅愁深。雨骤风狂，人事寥寥。思念的情绪堆积如山，像是庭前涨满水的秋池，直至溢出来了。可一想到归去后和你秉烛夜话西窗下，这迷蒙阴冷的秋夜，仿佛只为烘托西窗下这摇曳的红烛；这巴山淅淅沥沥的雨声，仿佛只为此时耳畔的喁喁私语伴奏。今夜这满怀心事，留与他日说与你听。

59

夜雨寄北

李商隐

君问归期未有期，巴山夜雨涨秋池。
何当共剪西窗烛，却话巴山夜雨时。

短暂的相遇不过是一场空欢喜，别离后的思念却来日方长

李商隐惊才绝绝却一生郁郁不得志。其《无题》诗更是堪称一绝。这首《无题》写于一片凋敝的暮春景色里，诗人想到人世遭逢，而心中抑郁又无法排遣，难免悲从中来。

“最是人间留不住，朱颜辞镜花辞树。”美好的事物都是稍纵即逝的。可怜春蚕空吐情丝，残烛将尽。想到没有伊人的红颜，百花再美也觉黯然失色。而你不在的日子里，早已是红颜消瘦绿衣肥。夜夜徘徊低吟，句句都是离殇！

60

无题

李商隐

相见时难别亦难，东风无力百花残。
春蚕到死丝方尽，蜡炬成灰泪始干。
晓镜但愁云鬓改，夜吟应觉月光寒。
蓬山此去无多路，青鸟殷勤为探看。

有多少等待，可以再见；
有多少爱情，终成梦一场

这两首诗是李商隐以女子口吻写情人离别的愁思，风华流美，情致婉转。

美人独上高楼，欲望情人归路，想想却又作罢，不过是徒增失望。连玉梯都已横断，离人怎会归来呢？天边，银月如钩，地上，有情人也是两地分隔，竟都不圆满。君好比那芭蕉，我好比丁香，虽隔万里，却异地同心，想必，你也在思念我吧。

一日又一日，楼上佳人的《石洲》已不知唱了几遍。可心中思念的人依然渺无踪迹。纵然每日轻扫娥眉，可满心的离愁谁能数得清呢？

“一种相思，两处闲愁”，如若两心相知，哪怕天涯望断，也愿与君同归。

代赠二首

李商隐

楼上黄昏欲望休，玉梯横绝月中钩。
芭蕉不展丁香结，同向春风各自愁。

东南日出照高楼，楼上离人唱石州。
总把春山扫眉黛，不知供得几多愁？

陆龟蒙（？—881），唐代文学家、农学家、藏书家，字鲁望，别号天随子、江湖散人、甫里先生。与皮日休交友，世称“皮陆”。诗以写景咏物为多，是唐朝隐逸诗人的代表。

此番若一去不回，便一去不回

别离何足叹？

谁说离别一定要有眼泪来陪衬，“大丈夫志在四方”，即使后会无期，也要潇洒转身，才足够漂亮。面对离别慷慨高歌，看剑引杯，大有壮士断腕一去不回的决绝。十年饮冰，难凉热血，胸怀万里，豪情万丈，才是大丈夫离别的基调。

大大方方说再见，干干脆脆地互道离别，抱拳说一声珍重，想想都是很酷的事情呢。

离别只是另一种形式的出发。从此四海之内皆是故土，唯愿君从此樽中酒不空。

62

别离

陆龟蒙

丈夫非无泪，不洒离别间。
杖剑对尊酒，耻为游子颜。
蝮蛇一螫手，壮士即解腕。
所志在功名，离别何足叹。

63

寄人

张泌

别梦依依到谢家，
小廊回合曲阑斜。
多情只有春庭月，
犹为离人照落花。

原以为分开是一别两宽，各生欢喜，

现在才明白，离别是一场盛大的想念

张佖（约842—约914），字子澄，唐末重要作家，是花间派的代表人物之一。他的诗词小说绝大多数作于唐末时期，尤以写湖湘桂一带风物的作品为多。

思念是一场长途奔袭，从此相逢只能在梦里。今夜在梦中故地重游，当时的情景仍历历在目。虽然景物依旧，但魂牵梦绕之人却不在其间。明月姣姣照在满地落花上，也曾照过当年月下之人吧。

分离像是一场感冒，思念是日后紧随的咳嗽发烧，即使不想难过，也要挣扎着痛过全程才会结束。

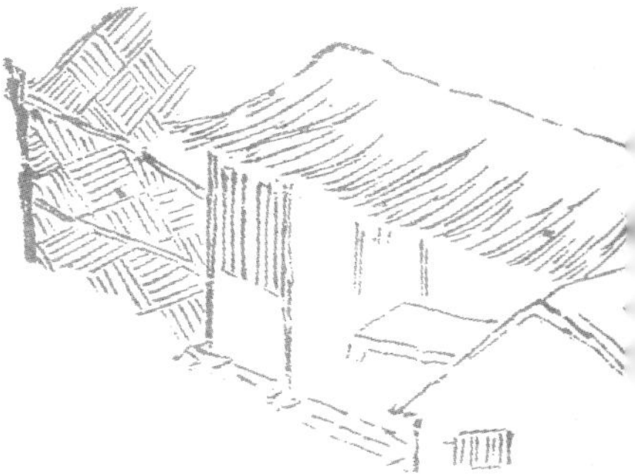

64 于易水送人一别

骆宾王

此地别燕丹，
壮士发冲冠。
昔时人已没，
今日水犹寒。

离别总是伤感，可带着抱负和理想远行，
哪怕前路坎坷也无所畏惧

骆宾王（约640—约684），字观光，与王勃、杨炯、卢照邻合称“初唐四杰”。辞采华胆，格律谨严。于武则天光宅元年（684），为起兵扬州反武则天的徐敬业作《代李敬业传檄天下文》，敬业败，亡命不知所之。

骆宾王一生宦海沉浮，怏怏不得志。因对武则天统治不满，跟随徐敬业起兵，徐敬业兵败被杀后，骆宾王也下落不明。

诗人在易水送别朋友，看着萧瑟寒冷的水波，想起“荆轲刺秦”的悲壮故事，多希望自己也能像荆轲一样，可以以满腔热血报效国家。表面送别，其实借此表达自己的一腔抱负，在豪情壮志中更添了一股悲凉慷慨意。

“风萧萧兮易水寒，壮士一去兮不复还！”哪怕失去生命，也要义无反顾，勇敢地启程实现自己的理想。

王勃（649或650—676或675），字子安，“初唐四杰”之首。其诗歌既壮阔明朗又不失慷慨激越，送别诗或气势磅礴、雄浑壮阔；或优美静谧、隐约迷蒙。骈文更是气象高华、神韵灵动。

我们生命中的大部分时光总是

在不断地相遇与别离

穷路萋萋送挚友。此去迢迢千里，相送再远，前面的路终归还是要你一个人走。明知这颗悲凉失意的心会拖垮人生不过百年的孱弱身体，却只能看着你一人踽踽独去，想到这纷繁的离别，不禁悲从中来。

人生茫茫，千万人皆相似，难的是有一人相守相知。长路漫漫，唯愿君安。

别薛华

王勃

送送多穷路，遑遑独问津。
悲凉千里道，凄断百年身。
心事同漂泊，生涯共苦辛。
无论去与住，俱是梦中人。

陈子昂（约661—702），字伯玉，初唐著名诗人、文学家。他论诗标榜汉魏风骨，反对齐梁绮靡文风，所作诗歌以三十八首《感遇诗》最为杰出，诗风质朴浑厚，受到杜甫、韩愈、元好问等后代诗人的高度评价。

聚散离别两依依，只愿再见你时情意依旧

银烛台上明亮的烛火吐着缕缕青烟，精美丰盛的筵席上觥筹交错。饯别的厅堂内，每一杯酒里都装着一件往事。今日一别，山水迢迢，还来不及回忆往昔，月亮就已经跑到高高的树后藏起来了。天将破晓，灿烂的星河也渐渐隐没在晨色中。走在这悠长的洛阳古道上，不知下次相逢会是何年。

66

春夜别友人

陈子昂

银烛吐青烟，金樽对绮筵。
离堂思琴瑟，别路绕山川。
明月隐高树，长河没晓天。
悠悠洛阳道，此会在何年。

王之涣（688—742），字季凌，盛唐时期著名诗人，豪放不羁，常击剑悲歌，其诗多被当时乐工制曲歌唱，名动一时。他常与高适、王昌龄等相唱和，以善于描写边塞风光著称。

河堤两岸，杨柳依依。

折柳送别，离情无限

长安城外，御河两岸，青青的杨柳随风而舞。本该是赏春的美好季节，可是，“昔我往矣，杨柳依依”，一见到杨柳，无端让人想到离别。

再看柳树愈发“清瘦”的模样，可见被攀折的次数之多，那离别的人也该是很多了吧。

春风杨柳离别路，毕竟车船留不住。杨柳被折的痛苦，怎比得上离人心中的苦呢？这里，是漫长离别的开始，也是绵延回忆的尽头。

送别

王之涣

杨柳东风树，青青夹御河。
近来攀折苦，应为别离多。

68

送杜十四之江南

孟浩然

荆吴相接水为乡，
君去春江正淼茫。
日暮征帆何处泊，
天涯一望断人肠。

离开的身影渐行渐远，想留住你，终不能够

孟浩然（689—740），字浩然，襄州襄阳（今湖北襄阳）人，世称“孟襄阳”，是唐代著名的山水田园派诗人，与另一位山水田园诗人王维合称为“王孟”。

春江浩浩汤汤，渺无边际。送别的友人亦渐行渐远，连小船也消失在烟波尽头。日暮时分，它可会找到停靠的地点，还是飘荡在茫茫水波无处着落？再回头去看，简直要为这离别伤透了心肝！

相聚总是短暂，分别却是久长，可天下无不散之筵席，唯愿彼此真挚的情谊在时光中愈加醇厚。

69

芙蓉楼送辛渐

王昌龄

寒雨连江夜入吴，
平明送客楚山孤。
洛阳亲友如相问，
一片冰心在玉壶。

王昌龄（698—756），字少伯，盛唐著名边塞诗人，后人誉为“七绝圣手”。诗歌题材以离别、边塞、宫怨为主，意境开阔，语言圆润蕴藉，音调婉转和谐，耐人寻味。

守一时清白易，守一世清白难

王昌龄以边塞诗闻名，诗中多苍凉壮阔之景，这首《芙蓉楼送辛渐》却写得清新脱俗。

清晨，天色渐明，苍茫的江雨中楚山孤独的矗立着，烟雨迷蒙，天地间仿佛织出一张无边无际的愁网。满楼风雨，纷纷的雨滴落在江面上，也落在离别的两个人心上。洛阳的故友如果问起，请一定告诉他们，我依然冰心玉壶，不曾被功名利禄所诱惑。

“天下熙熙，皆为利来；天下往往，皆为利往。”尘世中多少人因为一晌贪欢，把一腔才华沤成了粪土，又有多少人能守住心里的一片净土？

王维（701—761，一说699—761），字摩诘，号摩诘居士，世称“王右丞”，唐朝著名诗人、画家，有“诗佛”之称。其诗绘影绘形，风格清新淡远，自然脱俗。有写意传神、形神兼备之妙。苏轼评价其“诗中有画，画中有诗”。

山长水阔，与君一别；

清风明月，后会有期

惜别伤离。临行前请下马再饮一杯酒吧，你说生活常常捉弄人，已对俗世生活厌倦，尘世中的功名利禄令人疲惫，此刻只想归隐终南山，坐看云卷云舒。君既去意已决，我也没什么想要劝说的了，只愿这杯中之酒可抵轻寒。

王维本身就是一个半官半隐、怡情生活的人。这次送别朋友归隐南山，既有不舍，也有对现实的无奈。悲莫过于无声。临别多说无益，一声珍重足矣，别后寒暖自珍。

70

送别

王维

下马饮君酒，问君何所之。
君言不得意，归卧南山陲。
但去莫复问，白云无尽时。

既然终须一别，

那就给所有离别一个温暖的意义

这是一场深情的离别，却并没有黯然销魂的感伤。清新明朗的天气，被新雨洗涤过的柳叶青翠欲滴，也洗去离别的忧伤，一切仿佛美得不合时宜。

西出阳关人迹渺。世上无不散之筵席，即使心中惆怅，也请饮下这杯酒，愿此去山水可渡，孤酒可饮，再相逢时无忧如初，你我如故。

送元二使安西

王维

渭城朝雨浥轻尘，客舍青青柳色新。
劝君更尽一杯酒，西出阳关无故人。

多年后才明白，人与人的相聚与别离，都要讲究缘分的

从相聚时的欣喜若狂，到分别时的匆忙散场，也不过短短一段时间。在祖帐外的我就已经感到了伤感的气氛，愁入荒城，更觉凄凉。

这寒冷的季节，远山一片明净，落日辉映下的河流分外湍急。一路的叙谈使我暂时忘却了分别的事实，同是天涯沦落人，而我独自站在这深秋的景色里，望着你的船只远去。

人生的旅途上，即使再亲密的伙伴也可能中途离席，注定只能陪你走一段路，所以我们能做的，只是学会挥手告别。

72

淇上别赵仙舟

王维

相逢方一笑，相送还成泣。
祖帐已伤离，荒城复愁入。
天寒远山净，日暮长河急。
解缆君已遥，望君犹伫立。

73

劳劳亭

李白

天下伤心处，劳劳送客亭。
春风知别苦，不遣柳条青。

李白（701—762），字太白，号青莲居士，唐朝浪漫主义诗人。诗风豪迈奔放，清新飘逸，想象丰富，被后人誉为“诗仙”。

太多离别，未开口便已泣不成声

劳劳亭，在今南京市西南，是古时送别之所。

它建在大道之旁，流水之畔，人们在此或登车，或上船，然后告别。离别最是伤心事，那么，这个地方该是天底下最让人伤心的地方了。

而春风正是知道离恨之苦，为了不让人们折柳送别，干脆就不让柳条变青了。明明是早春，春风未绿杨柳，却偏偏把春风写得有情有义，使这离别之情更催人心肠。

浮云白日，青山迢迢，
我无法挽留，你也不要回头

山峦青翠，横卧在北面的墙头，河水碧透，围绕在城墙东面。今日一别，你又像孤蓬一样飘荡去了远方，行踪像浮云一样漂浮不定。天边的夕阳也像是舍不得你离去，赖在墙头不肯落下。

夕阳晚风相送，离人又添新痛。今日又送君归去，再聚总是遥遥无期，从此与你相隔万水千山。

74

送友人

李白

青山横北郭，白水绕东城。
此地一为别，孤蓬万里征。
浮云游子意，落日故人情。
挥手自兹去，萧萧班马鸣。

离别的情意如此悠长，

那就饮下这一杯送别的酒吧

风吹柳花，吴姬劝酒，朋友送别，明明该是一幅悲情的送别场景。可一句“各尽觞”中，要走的痛饮，留下的人也尽杯。大家于杯酒中豪气相送，将这离别苦情挥洒开来。

要问这离别情意有多长，这东流的江水，恐怕也比不上吧！

只要说离别，大抵脱不开“愁”字，可李白这首只见别意，不见愁，大气而不哀，由此也可见诗人风流潇洒的气质。

75

金陵酒肆留别

李白

风吹柳花满店香，吴姬压酒劝客尝。
金陵子弟来相送，欲行不行各尽觞。
请君试问东流水，别意与之谁短长。

孤帆远去，徒留一江春水悠悠

烟花三月该是扬州最美的时节吧，柳絮纷飞，莺歌燕舞。我们在黄鹤楼话别，你就要去远游了。

天高水阔，你的小船在茫茫水面上显得那么渺小孤独，我望着这孤船帆影渐行渐远，直到消失在水天一线的尽头，只剩一江春水，浩浩荡荡地向天际奔流。

“君其涉于江而浮于海，望之不见其崖。君自此远矣。”

黄鹤楼送孟浩然之广陵

李白

故人西辞黄鹤楼，烟花三月下扬州。
孤帆远影碧空尽，唯见长江天际流。

离开后才知道，故乡不单是一个名词，
还是一个感叹词

这是李白第一次离开故土开始远行，乘船路过楚国故地荆门一带，顿觉故土一山一水皆有情。故乡的水送行千万里，直至峻岭变平川，眼前景色也开阔明朗起来：奔流的江水仿佛流入广袤的平原，早已分不清哪里是水，哪里是天。夜晚的江面平静而幽深，水中月亮的倒影仿佛从天而降的一面明镜，那飘忽的云彩仿佛幻化成海市蜃楼的美景。

故乡的一山一水总能抚慰游子流浪的灵魂，再回首，山河已成故土。

77

渡荆门送别

李白

渡远荆门外，来从楚国游。
山随平野尽，江入大荒流。
月下飞天镜，云生结海楼。
仍怜故乡水，万里送行舟。

78

赠汪伦

李白

李白乘舟将欲行，
忽闻岸上踏歌声。
桃花潭水深千尺，
不及汪伦送我情。

离别的歌声不是只有离殇，相识就是最好的礼物

轻舟待发之际，忽然听到岸上远远传来歌声。人未到声先闻，我知道那是你踏着歌赶来为我送行，这不期而至的送别真是令人意外而感动。你看那桃花潭水深不见底，却不及你对我的深情厚谊。

每个人的一生中都至少拥有这么一位挚友，在人生的拐点遇到然后匆匆分别。缘分无关乎相聚长短，哪怕是萍水相逢。

79 春夜洛城闻笛

李白

谁家玉笛暗飞声，
散入春风满洛城。
此夜曲中闻折柳，
何人不起故园情。

乡愁，就像故乡的杨柳，
年复一年在渡口守候

此诗是李白旅居洛城时所作。

春风沉醉的夜晚，诗人难以成寐，忽然听到远处不知谁家飘来悠悠的玉笛声，那乐声随着春风传遍整个洛城。就在这悠扬的笛声中，忽然听到了一曲故乡的《折杨柳》，羁旅惆怅的情怀立刻被触动，此时此景，谁不会油然而起思乡之情呢？

80

闻王昌龄左迁龙标，遥有此寄

李白

杨花落尽子规啼，
闻道龙标过五溪。
我寄愁心与明月，
随风直到夜郎西。

远行的人，希望你步履不停，有梦可做，有树可栖

在这杨花落尽、子规哀蹄的时节，听闻你路过五溪的消息。我把满怀的愁绪寄予天上这一轮明月，希望它能随着风一直替我陪你到夜郎以西。从此哪怕我们天各一方，也能共望这一轮明月。

“明月何曾是两乡”，每个孤独的夜晚，抬头望望头上的那轮明月吧，那清辉都是我的祝福。

在黑暗中也要看到光，

或者，成为黑暗中的那道光

此诗是李白在宣州谢朓楼为叔父临行饯别时所作。诗人感叹昨日不可留，今朝多烦忧。望着万里长风中南飞的秋雁，叔侄二人兴致勃发，在高楼开怀畅饮，聊诗词歌赋，聊世道艰辛。酒到酣处，更是想直上九天揽明月。虽然思想可以在幻想中驰骋，但无奈身体困于俗世。想到现实中诸多不顺遂，还不如披散了头发，轻舟策马归隐江湖。

假如生活欺骗了你，李白告诉我们：不必为俗事唏嘘，头发甩甩，只管大胆地去追风赶月，快意人生！

18

宣州谢朓楼饯别校书叔云

李白

弃我去者，昨日之日不可留。
乱我心者，今日之日多烦忧。
长风万里送秋雁，对此可以酣高楼。
蓬莱文章建安骨，中间小谢又清发。
俱怀逸兴壮思飞，欲上青天揽明月。
抽刀断水水更流，举杯消愁愁更愁。
人生在世不称意，明朝散发弄扁舟。

高适（约704—约765），字达夫、仲武，与岑参并称“高岑”，唐代著名的边塞诗人。题材广泛，内容丰富，现实性较强。其诗歌尚质主理，笔力雄健而浑厚古朴。

哪怕前路渺茫，也要许下最美好的愿景

写下这首《别董大》时，高适在睢阳还籍籍无名，而后来名满大唐的董大董庭兰也不过是个走街的冷门乐师。两个落魄的游子，在分别之际，互相诉说着离别的衷肠。

千里黄云，大雁远去，北风呼啸，雪落纷纷，天地一片荒凉壮阔，但高适以开朗的胸襟，豪迈的语调把临别赠言说得慷慨激昂，鼓舞人心。不知道该用什么样的话语来送别你，你且往前走，不要担心前面没有知己，凭借你的琴艺，还有谁会不认识你呢？

是呀，无论现实怎样荒凉，也要怀揣热血与希望，一直走下去，直到让世人都看到你。

别董大

高适

其一

千里黄云白日曛，北风吹雁雪纷纷。
莫愁前路无知己，天下谁人不识君。

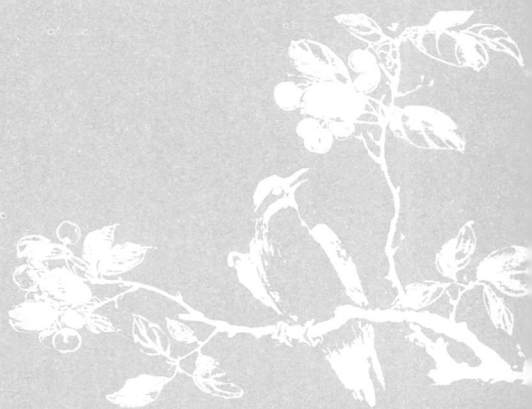

一二三

杜甫（712—770），字子美，自号少陵野老，世称“杜工部”“杜少陵”。唐代伟大的现实主义诗人，被世人尊为“诗圣”，其诗被称为“诗史”。

对家国最深的爱，莫过于乱世中仍一往情深

杜甫对自己的国家和百姓一直怀着深情，颠沛流离的生活中仍忧国忧民。看着“安史之乱”中满目荒凉的景象，诗人心头百感交集。

长安沦陷，国家破碎，虽然山河依旧，却早已不是旧日的模样。春天的长安城内人迹寥寥，荒草遍地，十分茂密。流离失所的乱世里，家国不幸，即使看到美丽的花也不禁涕泪四溅，听到鸟雀的啼鸣也感到惊心。连绵的战火已经延续了半年多，想写封家书报个平安都难以实现，战乱中的一封信简直抵得上万两黄金。

亡国之痛痛断肠，离乡之愁愁白头。搔头思考，白发越搔越短，连簪子都插不上了。

83

春望

杜甫

国破山河在，城春草木深。
感时花溅泪，恨别鸟惊心。
烽火连三月，家书抵万金。
白头搔更短，浑欲不胜簪。

怡然敬父执，问我来何方。
问答未及已，儿女罗酒浆。
夜雨剪春韭，新炊间黄粱。
主称会面难，一举累十觞。
十觞亦不醉，感子故意长。
明日隔山岳，世事两茫茫。

84

赠卫八处士

杜甫

人生不相见，动如参与商。
今夕复何夕，共此灯烛光。
少壮能几时，鬓发各已苍。
访旧半为鬼，惊呼热中肠。
焉知二十载，重上君子堂。
昔别君未婚，儿女忽成行。

相遇即是有缘，哪怕就此别过，依然珍重这不易的相逢

世事渺茫，人生聚散不定。一旦离别，再相见，就好比那此起彼落的参商二星。不壳间二十载光阴匆匆而过，这次的相见简直犹如梦中！

青春年少能几时？眨眼间都已两鬓斑白，故友重逢，你也已儿女成行。席间不诉离殇，不诉薄凉，就饮尽杯中酒吧，一腔情意尽在酒中。哪怕明日再次离别，哪怕再见无期，可这次相见，足以温暖余生的想念。

若不是历尽沧桑，哪来的云淡风轻？走过了，便山青水静，遇见了，便岁月安稳。只期待，江南好风景，落花时节又逢君。

韦应物（737—792），唐代诗人，世称“韦江州”“韦左司”或“韦苏州”。山水田园诗派诗人，后人每以“王孟韦柳”并称。以五古成就最高，风格冲淡闲远，语言简洁朴素。

这场雨，是离别的人不舍的眼泪

细雨迷蒙，笼罩在楚江江面上。黄昏时分，建业城传来悠悠的钟声。繁密的雨丝打在船帆上，帆湿而重；鸟儿低飞在昏暗的雨幕中，沾湿的翅膀也无法轻快地飞翔。远远地，长江奔流不见，江树更显青翠。我带着无限的深情来送你，临别前泪水像这雨丝纷纷落下。

暮雨时分送别友人，点点都是离人泪。不管是默默无语还是掩面而泣，都是离别的心境。

85

赋得暮雨送李胄

韦应物

楚江微雨里，建业暮钟时。
漠漠帆来重，冥冥鸟去迟。
海门深不见，浦树远含滋。
相送情无限，沾襟比散丝。

86

送李端

卢纶

故关衰草遍，离别正堪悲。
路出寒云外，人归暮雪时。
少孤为客早，多难识君迟。
掩泣空相向，风尘何所期。

卢纶（约737—约799），字允言，唐代诗人，大历十才子之一。卢诗清高尚朴，奇悍之中自饶雅致，五绝“作劲健语”，七律“情致深婉”。

纵使难舍难分，离别也避无可避

严冬时节送别友人离开故土，诗人的心情怕是也和这寒冷天气一样吧。四顾苍茫，故乡遍地荒草迎风抖动，更加深了离别的悲伤。

你要去的远方一直延伸到云天外，而我回来时暮雪纷飞。想我少年孤苦飘零，多经磨难，与你相见恨晚。战火纷飞的年代，相见有时，后会无期。茫茫大雪中，只能朝着你离开的方向掩面哭泣。

大概每个人都会经历这样的离别吧，咬牙转身离开，却没有回头的勇气。

87

送友人

薛涛

水国蒹葭夜有霜，
月寒山色共苍苍。
谁言千里自今夕，
离梦杳如关塞长。

某些人的离开，就像心中塌了一方

薛涛（约768—832），字洪度，唐代女诗人，世称“女校书”。其诗雅正和谐，含蓄而不晦涩，常常以典寓情，情丰意远。

水乡的夜晚笼罩在一片凄凉的夜色里，冷冷的月光与夜幕笼罩下的苍山几乎融为一体，莽莽苍苍。自今夕始，相隔万里，连相聚的梦都杳无踪迹，如遥远的关塞，山高水远，梦魂难度，夙梦空付流景。

身前千山万水，身后滚滚红尘。自你离开后，思念便落地生根，从此只能一遍遍重温旧梦。

离别最怕一步一回头的不舍

“南浦”在古时和“长亭”一样，也是送别的代名词。

秋天，西风萧瑟，落叶枯零，诗人在南浦送别友人。送君千里终须一别，还是到了分手的时刻。可是，离别之人心头悲凉，不停地回头看。不忍别离却离别，这一“看”字，可见心中千种离愁，万般情思，仿佛看到两人离别的泪花盈于眼间。

最终，诗人还是开口道：走吧，走吧，不要再回头看了。殷殷的劝慰更可见两人情意的深厚和情感的不能自抑。

人生漫漫，有遇见就会有离别，有离别终会有重逢。这一去我们都不再回头，只待来年重逢共话离情。

88

南浦别

白居易

南浦凄凄别，西风袅袅秋。
一看肠一断，好去莫回头。

温庭筠（约812—866），唐代诗人、词人。本名岐，字飞卿，为“花间派”首要词人。其诗辞藻华丽，秾艳精致，内容多写闺情。

山水一程，三生有幸

温庭筠真是个多情的人，竟然给溪水写了一首送别的小诗。入山三日，潺潺的溪水一路相随不离不弃，看似流水无情，实则多情。寂静的深山之夜，诗人旅途孤孑无伴，而这清悦的水声正好抚慰了旅途的寂寞。

分水岭下潺潺流淌的溪水，千古如斯，不知送了多少旅人，山水本无情，可诗人有情，这溪水便也有了情谊。有趣而多情的人，生活总不会太乏味。

89

过分水岭

温庭筠

溪水无情似有情，入山三日得同行。
岭头便是分头处，惜别潺湲一夜声。

郑谷（约851—910），字守愚，唐朝末期著名诗人。以《鹧鸪诗》得名，人称“郑鹧鸪”。其诗多写景咏物之作，表现士大夫的闲情逸致。风格清新通俗，但流于浅率。曾与许裳、张乔等唱和往还，号“芳林十哲”。

我们笑着说再见，却深知再见遥遥无期

扬子江畔，杨柳青青，万条柳枝依依袅袅，摇曳生姿，像是在挽留故人。渡江人的愁绪就像这漫天飞舞的杨花，纷纷扬扬，不知所终。夕阳下，离亭已被暮色渐渐淹没，离别时分总有晚风与笛声相和，催得远行人断肠。今日一别，你南下潇湘，我北上西秦，从此分隔两地。挥别之后，何处才是归程？

90

淮上与友人别

郑谷

扬子江头杨柳春，杨花愁杀渡江人。
数声风笛离亭晚，君向潇湘我向秦。

图书在版编目（CIP）数据

唐诗．别离 / 诗词世界主编．-- 北京：北京联合出版公司，2017.9

（每日诗笺）

ISBN 978-7-5596-0825-3

Ⅰ．①唐… Ⅱ．①诗… Ⅲ．①唐诗－诗歌欣赏 Ⅳ．①I207.22

中国版本图书馆 CIP 数据核字 (2017) 第 200302 号

唐诗 别离

项目策划　紫图图书 ZITO®
监　　制　黄　利　万　夏
主　　编　诗词世界
责任编辑　管　文
特约编辑　申蕾蕾　李　圆
装帧设计　紫图图书 ZITO®

北京联合出版公司出版
（北京市西城区德外大街 83 号楼 9 层　100088）
北京中科印刷有限公司印刷　新华书店经销
30 千字　787 毫米 ×1092 毫米　1/32　9.5 印张
2017 年 9 月第 1 版　2017 年 9 月第 1 次印刷
ISBN 978-7-5596-0825-3
定价：79.90 元（全二册）